DISCARDED

Peppa

¡Diviértete con Peppa!

Peppa va al parque de atracciones

BEASCOA

Hoy, Peppa y su familia han ido
al parque de atracciones.

-Oinc, oinc. *¡Toógán, toógán!* -pide George.

-George quiere subir al tobogán -dice Papá Pig.

Los dos se dirigen hacia allí.

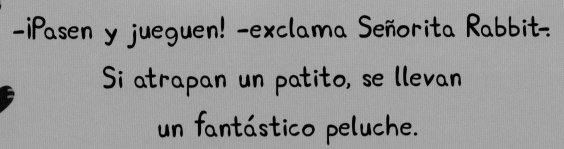

—¡Pasen y jueguen! —exclama Señorita Rabbit—.
Si atrapan un patito, se llevan
un fantástico peluche.

—Voy a intentar coger uno para ti —dice
Mamá Pig—. No creo que sea tan difícil.

—Es casi imposible —advierte Señorita Rabbit.

—Ya lo veremos —contesta Mamá Pig, decidida.

¡Chap, chap! Mamá Pig ha pescado un patito.

-¡Hurra! -grita Peppa, contenta.

-¡Increíble! -exclama Señorita Rabbit-.

Aquí tienes tu osito gigante.

-¿No prefieres un peluche más pequeño, Peppa?

-sugiere Mamá Pig.

-¡Qué va! -responde Peppa, feliz.

George y Papá Pig están haciendo cola
para subir al tobogán.

-¿No es un poco alto, George? ¿Estás seguro de
que quieres subir? -pregunta Papá Pig.

George ríe y corre por las escaleras
hasta arriba del todo.

¡Oh, vaya! Es muy alto y George rompe a llorar.

-No te asustes, George. Yo iré contigo
-dice Papá Pig.

-¡Gr, gr! ¡Yupiiii! -grita George deslizándose
por el tobogán.
Ahora George se divierte demasiado
como para tener miedo.
-¡Qué alto! -dice Papá Pig, nervioso.
Papá Pig está más asustado que George.
¡Oops! Papá Pig baja por el tobogán.

Peppa y Mamá Pig han ido
a la caseta de tiro al blanco.

-Mamá, seguro que aciertas -dice Peppa, convencida.

-Je, je. Lo dudo -niega Señor Labrador-.

A las mujeres no se les da muy bien este juego.

-¿Qué ha dicho? -replica Mamá Pig, molesta.

Coge el arco y las flechas, apunta y...

¡DOING!
La flecha da en el blanco,
justo en medio.

¡Mamá Pig ha vuelto a ganar!

-¡Impresionante! -exclama Señor Labrador, admirado-.

¡Aquí tienes tu osito!

-¡Hurra! -celebra Peppa.

Ahora tiene dos peluches gigantes.

Papá Pig y George han subido
a la noria. A George le encanta,
pero Papá Pig tiene un poco de miedo.
-Estamos muy altos -dice Papá Pig, inquieto,
mientras la noria da vueltas y más vueltas.
-Ji, ji. ¡Oinc! -ríe George.

Papá Pig y George van al encuentro de Mamá Pig y Peppa.

-¡Dele al botón rojo con el martillo y, si suena la campana,

gane un fabuloso premio! -pregona Señor Bull.

-Voy a intentarlo -dice Papá Pig-. ¡Atrás! Apartaos.

-Creo que sigues un poco mareado

después de la noria... -insinúa Mamá Pig.

-¡Habráse visto! -dice Mamá Pig, enfadada-.

Deme ese martillo.

¡Ding, ding! Mamá Pig golpea el botón rojo

con todas sus fuerzas y logra darle a la campana.

Todo el mundo está maravillado.

Mamá Pig ha ganado un peluche en cada puesto

del parque de atracciones.

-¡Hurra! -aplaude Peppa y da un peluche gigante
a cada uno de sus amigos.
-¡Hurra! -celebran todos-. ¡Nos encanta ir al parque
de atracciones!